D0868522

ISBN : 2.215.03.105.0
© Editions Fleurus 1994
Dépôt légal : septembre 1994
Imprimé en Italie.

BRAVO LA FAMILLE

l'histoire est vraie

La "mob"
de Vincent

Texte :
Claude Clément

Images :
Christel Desmoinaux

FLEURUS
ENFANTS

AURORA PUBLIC LIBRARY

ÉDITIONS FLEURUS, 11, rue Duguay-Trouin 75006 PARIS

Papa l'avait toujours dit, affirmé et réaffirmé : il n'y aurait jamais de Mobylette ni de scooter ni de moto ni aucun autre engin à deux roues et à moteur dans cette maison. Maman avait eu beau prétendre qu'elle se faufilerait mieux dans les embouteillages sur l'autoroute de l'Est, quand elle revenait d'une galerie de peinture parisienne, avec une Harley-Davidson, Papa avait rétorqué qu'une Renault break, c'était tout de même plus pratique pour transporter des tableaux de six mètres sur six et pour faire les courses au supermarché. Vincent,

aidé de Benjamin, avait eu beau lui démontrer mathématiquement que la Carte orange, compte tenu des week-ends, des vacances, des grèves et des jours fériés, était moins avantageuse qu'une petite assurance de Mobylette, il n'avait pas cédé et s'était même fait le défenseur acharné des transports en commun qui, d'après lui,

résolvaient les problèmes de
circulation et permettaient de
garder le contact avec l'ensemble
de la société. Maman a eu beau lui
rétorquer qu'il se rendait lui-même

au bureau en voiture en mobilisant
les quatre places de son véhicule
pour lui tout seul, qu'il n'avait pris
ni le RER ni le métro ni l'autobus
depuis plus de vingt ans et qu'il
n'avait aucune idée du calvaire
enduré par les jeunes et vieux
banlieusards, Papa demeura ferme
sur ses positions et aucun véhicule
à deux roues et à moteur ne
franchit le portail du garage
de notre pavillon.
Les choses s'envenimèrent le jour
où Stéphane, le meilleur ami de

Vincent, décida de vendre sa vieille Mobylette pour s'acheter un scooter. Compte tenu de l'ancienneté de leur amitié – treize ans en comptant la maternelle, mais sans compter les années de square et de couches-culottes –, compte tenu aussi de l'âge de la Mobylette,

le prix de cette dernière était si bas
que Vincent n'a pas réussi
à résister et, passant outre
l'interdiction paternelle, a acheté
la Mobylette à son copain pour
la modique somme de 300 francs.
Désirant faire les choses
correctement, ils avaient même
couché sur papier un contrat de
vente en bonne et due forme :
« Moi, Stéphane Faitout, reconnais
avoir vendu ma Mobylette
d'occasion à Vincent Pouchinet

pour la somme de 300 francs et reconnais avoir touché ladite somme en liquide après avoir fait le plein du réservoir d'essence. Le vendeur s'engage à donner gratuitement son casque et son antivol à l'acheteur dans un accès de générosité incontrôlée et compte tenu de leur vieille amitié.

13

Vincent Pouchinet reconnaît avoir acquis ladite Mobylette pour la somme de 300 francs et s'engage à la réceptionner dans l'état où elle est, sans tenir son précédent propriétaire pour responsable des avaries qu'il pourrait découvrir par la suite. En outre, l'acheteur s'engage à venir chercher l'engin au domicile du vendeur, compte tenu du fait que celui-ci a déménagé à l'opposé de la région parisienne et qu'il s'y est trouvé

14

une petite amie monopolisant tout son temps libre.»

Fait à Paris le 12 mai 199...

Le vendeur :   L'acheteur :
Bien que j'aie huit ans de moins que mon frère, je dois dire que, si

Stéphane m'avait proposé
un contrat comme ça, je lui aurais
d'abord demandé s'il m'avait bien
regardée. Ensuite, j'aurais fait une
cocotte en papier avec ledit contrat
et je la lui aurais fait avaler séance
tenante. Mais Vincent, c'est Vincent,
comme disent Maman, Mamie et
Benjamin. Il n'y a que Papa qui ait
encore l'espoir de le voir devenir
raisonnable. On dit que l'espoir fait
vivre... Moi, je dis que ça peut
faire mal.
Bref, Vincent a acheté cette
Mobylette pourrie. Elle était même

si pourrie que, pas plus tôt sortie
du nouveau lotissement de
Stéphane, elle a poussé un soupir
exténué et elle s'est arrêtée sur
le bord de la route. Mon frère a eu

beau essayer de la faire
redémarrer en douceur, elle n'a
rien voulu savoir. Alors, il paraît
qu'il s'y est pris d'une façon plus
énergique. Il l'a même insultée...

Peut-être était-elle vexée ; en tout cas, elle a à peine protesté, mais n'a pas bougé d'un centimètre. Alors, Vincent lui a mis l'antivol et a commencé à chercher une cabine téléphonique. Il n'avait pas fait deux kilomètres à pied qu'un violent orage a éclaté. Le casque protégeait bien mon frère de la pluie, mais l'eau qui dégoulinait sur la visière l'empêchait d'y voir clair.

Résigné à se tremper les cheveux et à renoncer à sa coupe de rocker bien moulée par le gel de son coiffeur, il a voulu ôter le casque. Mais la bride de sécurité était coincée, de même que la visière.

Maudissant Stéphane et ses
cadeaux empoisonnés, il a donc
été obligé de poursuivre son
chemin en aveugle, en butant
contre les platanes. Quand il a
trouvé enfin une cabine
téléphonique, il s'est rendu compte
qu'il ne pouvait pas porter le
combiné à son oreille. Et c'est
d'une voix totalement désespérée

qu'il a hurlé dans le téléphone :
«Maman ! Par pitié, viens me
chercher !»
Il a expliqué d'une traite où sa
Mobylette et lui se trouvaient et il a
raccroché sans autres explications.
Le sang de Maman n'a fait qu'un
tour. Elle a tout de suite imaginé
le pire. Elle voyait son fils, bras

et jambes brisés, se traînant héroïquement jusqu'à la cabine téléphonique afin, dans un dernier souffle, de l'appeler au secours, implorant silencieusement son

pardon pour avoir passé outre l'interdiction paternelle. J'ai insisté pour venir avec elle pendant que Benjamin garderait le bébé. Elle ne voulait pas, de peur que l'état de Vincent ne m'impressionne. Mais comme je suis montée dans la voiture la première et qu'elle n'avait

pas le temps de m'en déloger, elle
m'a tout de même emmenée.
Durant tout le trajet, elle s'est
lamentée :
– Ah, ces adolescents ! Ton père
l'avait bien dit ! Mais s'il lui fait
la moindre réflexion, je divorce !
On n'accable pas un enfant
handicapé pour la vie...

Nous avons trouvé le supposé
accidenté sur le bord de la route,
assis auprès de sa machine, les
pieds dans le ruisseau et le casque
toujours vissé sur la tête. Tout
trempé, il s'est jeté à l'intérieur de
la voiture et a mis le chauffage à

fond. Soulagée de le voir entier et égal à lui-même, c'est-à-dire d'un égoïsme absolu et d'une inconscience maximale, Maman a commencé à rouspéter :

– Tu vas m'aider à embarquer cet engin dans le break ou je te laisse ici avec lui jusqu'à ce que la police t'embarque pour dépôt d'ordures sur la voie publique !

Vaguement inquiet, Vincent aurait bien voulu obtempérer, mais la buée dégagée par son souffle et par le chauffage à l'intérieur de son casque l'aveuglait complètement. Comme il cherchait à sortir de la voiture en démontant le siège arrière au lieu d'ouvrir la porte, j'ai résolu d'aller aider Maman à sa place, au risque d'attraper une bronchite. Toutes les deux, nous avons réussi à introduire la Mobylette dans

le break et c'est dans un silence
absolu que nous avons repris
la direction de la maison. A mi-
chemin, une insistante odeur
d'essence nous a alertés. Maman,
qui s'inquiétait à juste titre pour
son véhicule, s'est arrêtée.

Seulement, ce n'était pas sa
Renault qui dégageait ces effluves.
C'était la Mobylette qui déversait
son carburant sur le plancher du
coffre. Nous avons épongé tant
bien que mal les dégâts avec
la couverture qui nous sert
habituellement à protéger les
coussins quand nous emmenons
Boudu et Antoine en promenade.
Et nous avons été obligés
d'abandonner ce vieux plaid, tout
puant, dans le fossé. Maman était

furieuse, car il s'agissait d'une couverture qui avait réchauffé les jambes de sa grand-mère des années durant dans son fauteuil roulant. Et elle y tenait beaucoup, comme on tient à un vieux souvenir

d'enfance. Vincent a eu beau lui
promettre d'en acheter une autre
avec son argent de poche, c'était
cette couverture qu'elle regrettait,
et pas une autre. C'est donc dans
une ambiance sinistre que nous
sommes arrivés chez nous.
Papa nous attendait sur le pas de
la porte, plus inquiet que si nous
avions participé à un rallye moto
en montagne. Quand il nous a vus

sains et saufs, son anxiété a fait place à la colère. Pour une fois, il aurait bien aimé donner une gifle à Vincent, qui lui avait désobéi sur une chose aussi importante. Mais

33

le casque l'en empêchait. Résigné
à reporter les représailles à plus
tard, Papa a interdit à Benjamin
de démonter la visière. La punition
qu'il venait de trouver était terrible :
il y avait des spaghettis à la
bolognaise au dîner et mon frère ne
réussirait probablement pas à en
porter un seul à sa bouche. Tandis
que Vincent montait se coucher
sans dîner avec son casque, Papa
a lancé d'un ton vengeur :

– Tu répareras cette Mobylette
de tes propres mains et avec ton
argent de poche. Quand tu l'auras
remise en état et qu'elle sera plus
rutilante que lorsque tu l'as
achetée, tu la revendras à
un meilleur prix que celui auquel
tu l'as acquise et tu verseras
le profit au bénéfice des
handicapés de la route.

Dès le lendemain, Vincent s'est mis en devoir de remettre son engin à neuf. Papa a accepté que Benjamin le délivre de son casque, mais pas qu'il lui donne un coup de main en matière de mécanique. Mon frère aîné a été obligé de potasser tous les livres techniques qui se trouvaient dans la chambre de son cadet avant de se mettre à l'œuvre. Quand il a jugé qu'il était apte à passer de la théorie à

la pratique, il a démonté toutes
les pièces de la Mobylette sur le
trottoir. Le facteur ne pouvait plus
approcher de notre boîte aux
lettres. Il était obligé de nous lancer

37

le courrier par-dessus la haie.
C'est devenu un nouveau jeu pour
Antoine, Boudu et moi de l'attraper
sans l'abîmer. Au bout d'un certain
temps et après avoir dépensé
presque tout son argent de poche en
pièces détachées, Vincent a réussi
à remonter la Mobylette, sous l'œil
ironique de Benjamin. Le jour où
il a décidé de l'essayer dans

le quartier, Maman a tenu à ce que
nous le suivions en voiture, par
mesure de sécurité. Je trouvais ces
précautions exagérées, mais j'ai
vite compris qu'elle avait raison
quand j'ai vu Vincent, à trente
à l'heure, perdre d'abord son pot
d'échappement, puis son porte-
bagages, puis l'un de ses freins
à main, et enfin la chaîne de
transmission. Cette fois, Maman a
bien voulu ramasser les morceaux,

mais elle a refusé tout net de
monter le reste de la machine dans
la voiture, sous prétexte qu'elle
n'avait plus de couverture à
sacrifier. Et Vincent a été obligé de
pousser sa Mobylette jusque dans
notre garage. Là, il est encore

passé outre une interdiction de Papa. Il a engagé son argent de poche de plusieurs mois à venir pour payer Benjamin afin qu'il répare la Mobylette à sa place. Quand celle-ci a enfin été en état de marche, il s'est contenté de pulvériser dessus deux bombes de peinture fluo. Le malheur, c'est qu'il

avait posé son vélomoteur contre le
portail de monsieur Gonflard et que
celui-ci n'a pas été content du tout
de voir la silhouette jaune et mauve
d'une Mobylette dessinant une
empreinte sur la façade de

sa maison. Papa a dû faire réparer les dégâts, mais le peintre qu'il a engagé était beaucoup plus cher que le prix de vente de l'engin réparé.

Bref, tout ça n'a pas été une affaire, et Papa moins que jamais ne voulait entendre parler de deux-roues à moteur dans cette maison.

C'est alors que Mamie est arrivée sur une Yamaha 250 rutilante en demandant à Vincent s'il voulait participer avec elle au Bol d'Or de Fouillis-lès-Gonesses...

Les as - tu lus?

histoire vraie
Maman est débordée
Claude Clément / Isabelle Maquet

histoire vraie
Le professeur est en colère
Claude Clément / Christel Desmoinaux

l'histoire est vraie
Baby-sitter de choc
Claude Clément / Christel Desmoinaux

histoire vraie
Papa fait un régime
Claude Clément / Christel Desmoinaux

histoire vraie
Un déjeuner mouvementé
Claude Clément / Christel Desmoinaux

l'histoire est vraie
Des vacances pas tristes
Claude Clément / Mérel

l'histoire est vraie
Drôle de plombier
Claude Clément / Christel Desmoinaux

l'histoire est vraie
Grand-mère est un clown
Claude Clément / Gabriel Luer

l'histoire est vraie
Papa n'aime pas les chats
Claude Clément / Nadine Soubrouillard